365 days of Tanka

はじめに

365日、その日その季節にぴったりの短歌を並べてみたら、記憶のとびらを開いてくれる「時の辞典」ができました。

短歌とは、五七五七七の三十一音に言葉を映して、時を掬(すく)い上げうるもの。

3月27日——**あとがきにかえて、みたいに咲いている桜　そういう気持ちの夜に**

あの日、見上げた空を思い出したり。

5月18日——**方言をほころびあっていくふたり五月の川を並び歩いて**

出会えた喜びに、目を細めたり。

9月14日——**沿道のコスモスざかりに押し歩く自転車　長く生きてきたよな**

現在地を知って、ふと立ち止まったり。

10月24日——**ひさしぶりに食べるとおいしいねと話すあなたはひさしぶりが同じひと**

かけがえのなかった瞬間に、気づかされたり。

12月27日——**ファミレスは小さな足湯　近況をどこまでさかのぼって話そうか**

いつか見たい景色を、思い浮かべたり。

365日に並べた短歌は、わたしたちが生きてきた時間そのものでした。

時の流れが止まることはありません。

けれど、忙しい日々の中で、1日1つだけでも短歌を読んでもらうことができたなら。

こぼれ落ちていった記憶を少しでも掬い上げてもらえるかもしれない。

まるで、見つからないことばの在り処を教えてくれる「辞典」のように。

そんなことを思って、この本をつくらせていただきました。

今日の日付でも、誕生日でも、たまたま開いた日でも、お好きなページからお楽しみください。

時の辞典

2024年12月6日　第1刷発行

著者　岡野大嗣
発行者　大塚啓志郎・髙野翔
発行所　株式会社ライツ社
兵庫県明石市桜町2-22
TEL　078-915-1818
FAX　078-915-1819

印刷・製本　光邦
装丁　宗幸
営業　髙野翔・野見山三四郎
営業事務　吉澤由樹子・成田藍
編集　大塚啓志郎・有佐和也・感應嘉奈子

乱丁・落丁本はお取替えします。

ISBN 978-4-909044-55-6
ライツ社HP　https://wrl.co.jp

1

January

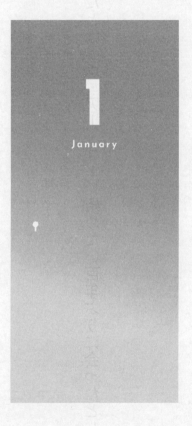

あなたとはハウ・アー・ユーで始めたい百年ぶりに会ったとしても

消しゴムも筆記用具であることを希望と呼んではおかしいですか

あけまして　うれしい知らせだけ刷った新聞紙をあなたに
おめでとう

1月4日

ぬいぐるみみたいに石をなでる手が星のこどもと信じ込むまで

石の日

湯煎したバターみたいになれますよこちらの日向でぼっこしましょう

1月

6

黒髪であろうと軽く染めようと根元が黒くなろうともきみ

カラーの日

爪を切る音に安心できるから伸びる時間をまた生きました

1月

8

好きだった曲を好きなまま歳とっておんなじ歌詞になんど
でも泣く

イヤホンの日

ひやごはんをおちゃわんにぼそっとよそうようにわたしを
ふとんによそう

おやすみは光の糸で縫う刺し子

Good Night

ゆめの図案をひとつ

クレヨンで描いたおばけが画用紙を飛び出す　ぺこり　抱きしめてくる

イラストレーションの日

1月

12

ずっと部屋にいた一日のベランダに出ればわたしへ沁みたがる夜

育児の日

1月13

一度ではわかりきれない夜にいてSOMEDAYがそこかしこに光る

成人の日

二回目で気づく仕草のある映画みたいに一回目を生きたいよ

お湯になるまでに流してしまう水　涙にもその段階がある

手洗いの日

貼っているカイロのほうが体温で自分がどこかわかりにくいな

百個でも足りない　一個でも足りる　そんな二匹でにぎる
おむすび

1月

18

この夜景　市バスの高さから見たらもっとだよ、って坂道の夜

都バスの日

違う部屋の知らない誰かのアルコールのちからのでたらめな
ファルセット

1月

20

大寒

今年いちばんに冷え込み町じゅうのイースト菌が仕事をさぼる

前がみえる程度に下を向いて歩くときどき前が明るくてみる

1月

22

かぶったらフードにさっきまでいてた店のカレーのにおいだ　雪だ

カレーの日

人はみなこころにドラムカウントのオリジナルの掛け声を
持つべし

1月

早退の夕日の街ですれ違う誰もが誕生日に見えてくる

24

1月25

完璧にふたつにわれる肉まんの向こうに愛すべき人はいる？

中華まんの日

たやすいね　好きが嫌いになることのスチール缶のこんな冷え方

音楽は水だと思っているひとに教えてもらう美しい水

ペデストリアンデッキに雪が舞っている大きな主語の述語の
ように

タイマーに間に合わなくて髪の毛のみだれたままの冬の一枚

生きてます　そちらはいかが　これまでに眠ったことのある
場所すべて

1月31日

夕方のサービスエリアで息を吐くあと百年は持たない肺で

生命保険の日

2

February

加速して高速道路へなじむとき時はゆったり時だけをする

人が嫌いで人が好きだな降る雪に手を差し伸べてしまう感じに

2月3日

おやすみ、で終わる手紙がやってきて読めるぬいぐるみという感じ

ふみの日

どこがサビなんだかわからない曲をリュックの軽さみたいにすきだ

角部屋の家賃をクイズにしてくれる　相場がわからずに笑わせる

笑顔の日

ゆぶね、って名前の柴を飼っていたお風呂屋さんとゆぶね
さよなら

にぎわいに対して多い電飾が恥ずかしかった好きだった町

2月

8

かごの影きれいで自転車をとめる春より春な冬のまひるに

2月
9

発売日の漫画を買って帰りたいこの先どんな歳を生きても

漫画の日

好きだった朱赤のニットカーディガン　朱赤の袖を泳がせた冬

ベランダに夜を見にいく飲みものを誰かが買っていく音の夜

2月・・・・・・・・・・・・12・・・・・・・・・・・・・・・・・・・・

夜道ラブ　眼鏡に心がうつる夜　ジュースを飲んでジュースをあげる

セーターに首をうずめて聴いているラジオの声を暖炉みたいに

彗星が尾を引くようなアウトロを抱きとめてから告げる曲名

会いたいなあ　高架の下の自販機で買ったココアがまだあったかい

うれしくてさびしい副詞〈たちまち〉はライブや虹の寿命の
ための

泣いてないけれどみんなが出たあとに出たいと思うときいい映画

無課金でこんなにやりこめるなんて我々のしりとりやばいよね

2月18

安眠の日

たやすみ、は自分のためのおやすみで「たやすく眠れますように」の意

なみだめで見つめる団地の窓の灯はいろんな国のはちみつの瓶

沿線の景色が浮かぶ／浮かばないひとが一緒に立つ始発駅

2月21

月をみる　こんな真上にあったから気づかなかった時間の後で

漱石の日

猫のフードをお皿にそそぐ猫はフードをわたしは何か音が欲しくて

猫に鳴き真似をかえして今日が終わり十年経てば十年が過ぎ

Sundayも Dayも日なんて日本語のバグを愛して眠っていたい

図書館の低いところにある絵本そこへ二月の陽が届きそう

冬と春のあいだになにか秋っぽいのりしろを見つけてそこにいる

2月

26

あげるのにもらった気分　巣みたいにラッピングしてもらった陶器皿

包むの日

当時まだ昭和を知っていた犬と平成の雪をはしゃいだ写真

どんな音楽もやさしくきこえるよ旅の終わりのねむたい耳に

3階のような高さの2階から夢見るように街を見ていた

3

March

ちょっとそこまで、と思って出た夜にパーカーが頼りなくて
きもちいい

部分点もらった和訳　川べりの散歩に季節だけを間違えて

みみの耳なでればとろりとやってくるねむたい光　みみ

おやすみ

3月

4

今日持ってこなくてもいいお土産をありがとう　いま食べちゃいますか

差し入れの日

番号でタバコを買っていくひとのコートの薄い生地かっこいい

3月

6

自動車が通ったり通らなかったりの二ヵ月前は積もってた道

花束も今もずっとは持たなくてだからこそ美しい　だとしても

3月

8

簡単な言葉で伝えられることを餃子につつんでも伝えたい

ギョーザの日

言いたくて買ったミモザと食べたくて買ったドーナツ　いい帰路でした

3月 10

身に余るソファーはファミレスのたまもの　地元のいやなとこ
好きなとこ

おもむろに愛のことばを　起きなくていい日に鳴っている
目覚ましに

3月

12

前を向いたまま後ろにいるひとと笑う友達みたいな時間

ハムレタスサンドは床に落ちパンとレタスとハムとパンに
分かれた

3月

14

ホワイトデー

窓がある　漫画の中の五限目の机に伏せた頭の中に

15

パーカーのフードを深く　ああここの転調いつもいつも不意に来る

3月

16

残念ながら次が最後の曲ですと残念をみんなで抱きしめる

大切な　けどすぐに済むお話をします／されます　改札だから

3月
18

しろたえのふとんのなかでとびきりの宇宙遊泳みたいな二度寝

睡眠の日

3月19日

脳みそがあってよかった電源がなくても好きな曲を鳴らせる

ミュージックの日

20

自販機に冬の飲みもの減ってくね　あたたかいかさびしいかがわからんね

春分の日

おそうざいのパックを袋にゆらす道　春は夜からはじまるね
と言う

3月

22

自販機がぼんやり光っている場所で止まる　小さく傷を打ち明ける

コンビニは離れるほどに明るくて進路はばらばらになるけれど

3月

24

きみがきみの道を向くとき僕はそのうしろで小さくならえをするよ

恩師の日

カラオケに伴奏だけが流れてる今日いちばんの話のそばで

ながいさよならになるなら春服をハンガーラックに吊るす軽さで

あとがきにかえて、みたいに咲いている桜　そういう気持ちの夜に

そんなふうに春だって知る缶コーンスープどこにも買えなくなって

映像が一部乱れてみんなからはぐれて春のほどよい寒さ

通販が午前のテレビでやっていて明日は例年よりあたたかい

立ちつくす　あきれるほどに春先の青いポストに指を噛ませて

4

April

青空に千鳥格子の鳥たちを逃がしてつくる無地のスカート

洗いもの溜まってますか　そうですか　桜が散るまで寝ていましょうか

児童書の口絵に入るような夜　駅に向かって桜を抜ける

4月

4

春が傷みたい　お金が嘘みたい　白いごはんをフォークでたべる

散髪の帰りの道で会う風が風のなかではいちばん好きだ

そこにいてチェキのフィルムに浮き上がる光の中でそこに
いたこと

もう四月　三月までのことなにも覚えていないふたりで歩く

桜より（それも見どころなんだけど）送電線のゆたかなたゆみ

人生！って言うと餌だと思う猫　誰の餌でもない春の世に

ボサノバの流れる店にいるときのつい空中を見ている時間

感じのいいフォントのメニューさっぱりとこんな感じに泣けばよかった

見納めの今年の桜　全国区の部活の声のなか散っていく

人間はしっぽがないから焼きたてのパン屋でトングをかちかち鳴らす

4月 13

ラッピングの車両に乗っていたことを四人いて四人とも気づかずに

4月14

背もたれのかたさに慣れて旅人の気分でSpotifyをひらいてる

椅子の日

4月

15

定食を迷う　迷っているあいだ厨房のくつろいだ中国語

中華の日

捨てたもんじゃない、の主語を聞き落とす　たぶん大きいから
拾わない

17

乗ってきた電車を夜に見やるときあんなまぶしい中にいたっけ？

ポスターを見てから観るか決めたこと　観たことよりも覚えているよ

交差点の名前がよくてその由来だろうな見下ろす街があかるい

19

地図の日

シャンプーが終わってそわそわしてる犬　慣れないだけの好きもあるよな

落としもののスヌーピーを葉桜につるすここで終わったって
いいように

ゆったりとするどく曲がるドリブルにうっとり倒れていく下級生

4月

23

サン・ジョルディの日

ラッピング待ちの時間に消えてったさっきさわったつつじの
におい

開店のお祝いの花　店先にパジャマ姿の子のはしゃぐ声

4月

25

歩道橋の日

歩道橋を渡れば消えてしまいそう　心配かけてもいいんだからね

ちょうどいい気温にふれてごきげんな七分の袖をはみだした腕

4月

27

きみはきみわたしはわたし頷きの仕草こんなに似てはいるけど

哲学の日

開いているお店が限られている夜　駅前広場のスケボーを見る

鍵括弧なしで会話が続いてく場面のように夜、夜明け、朝

祝日にちなんだことをしましょうよ布団の中を図書館にして

5

May

袖口を嗅ぐだけで眠たくなれる部屋着で過ごすうつくしい日々

たよりない薄いカーディガンを揺らす五月の風のごちそうだこと

人ごみ、と言いたくないというきみと多くの人のなかで
手をつなぐ

午後になにするのかじぶんもわからないこどもみたいな
たのしい午前

青空とブルーシートにはさまれてサンドイッチのたねだねぼくら

全部同じ広告だって気づくころ車窓が郊外へ差し掛かる

にんげんがひとり　にんげんがふたり　五月の草に眠れるひつじ

8

似てるなと思って聞いていた声に古いあだ名で呼び止められる

自転車のかごから跳ねて落ちそうなはだかのフランスパンのたましい

10

鳥を見ていたら待ち合わせの時間わたしは立って鳥は残った

愛鳥の日

花をみつけてネットにあまり出てこないほうの名前で教えてくれた

たった今うれしい夢をみていたようれしかったのだけがわかるよ

写メでしか見てないけれどきみの犬はきみを残して死なない
でほしい

5月

14

失くしたら死んじゃうかもというピアス　薄い布団によくひっかかる

さよならは少しずつした方がいい脱水症に気をつけながら

水分補給の日

五月には求める犬にだけひらく十一月への抜け道がある

遠方のライブへ足を運ぶことあなたは遠出と言うまっすぐに

方言をほころびあっていくふたり五月の川を並び歩いて

遠足の声がする　このまま時が「時が」だなんて思う陽の中に

5月

20

河川敷が朝にまみれてその朝が電車の中の僕にまで来る

遊びたい小学生の遊びたい声は月曜から仕上がって

ここを旅先にあなたがやってくる　見せたい光を考えて待つ

噴水が止まって向こう側が見える　見ていて打ち明けたく
なってくる

5月

24

スモーキーな緑のランドセルが通る川の光をふっと集めて

正門の脇の園内案内図　また来たときもわくわくしそう

空気いる？　自転車置き場に猫がいてタイヤがふくらむまで
見てくれる

アウトレットモールの空は青すぎて見上げていたらお祈りめいて

ポスターの右下の画鋲ゆるくって風ぬけるたび騒ぐ右下

そうだとは知らずに乗った地下鉄が外へ出てゆく瞬間がすき

大きな犬と大きな犬とおばあさんほとんどスリーピースのバンド

もうだれも春だとは思わない夜を夏だとも思わずに歩く夜

6

June

6月

1

かたつむりが葉ものを進めているあいだ隣で進めている文庫本

6月2日の歌

においから先に世界に立ちこめてそれから雨が降るときは夜

きみが好きだったシーンを語るのを映画の続きみたいにみてる

答えは〈ふせん〉のなぞなぞですが足りないとうれしくなるものはなんでしょう

ふつう家でレジャーシートは敷かないよけれど敷いたらたの
しい夕餉《げ》

6月

6

ギター弾き終えて見つめる指先にたぶん小さな心臓がある

楽器の日

ひとりとひとりとひとりとひとりとひとりだけのミニシアターのまばらな嗚咽

雨よけのビニールありがたかったな　人はさておきタルトは無事で

いちにちにたまごは何個までですか　なみだは何グラムまでですか

フライングタイガーで要らない物を買う　元気はそれで出る
ことがある

窓に雨粒の流れていくものと細かく付いて留まるものと

さよならを言うためだけに乗ってきたバスの背中がうつくしかった

本棚のむこうでアンネ・フランクが焦がれたような今日の青空

これからっていうのに夏のおしまいに聴くような曲聴いてんの? いいね

もう声は思い出せない　でも確か　誕生日たしか昨日だったね

6月

15

ひとりだけ光って見えるワイシャツの父を吐き出す夏の改札

父の日

花と花に眠る犬の絵　ふんだんな余白が棺だと思わせる

ななかつはしちがつのあだ名そう呼ぶと夏のほうから近づいてくる

こころにもある室外機こころにもないことをいうときさわがしい

アカウント名で呼び合う関係のまま海へ来て名前をはなす

聴かせたい曲がYouTubeになくてさわりを歌うきみが良かった

6月

21

夏至

えっ、七時なのにこんなに明るいの？　うん、と七時が答えれば夏

分離帯の緑が夏を告げていて右も左もまぶしいさかり

6月23

降ってない中を差してた傘とじてミュージカルなら踊り出すとこ

なつめろは子熊につけてみたい名前　愛されて色褪せないように

冷風がときどき当たる地下道を最近のこと話して歩く

聞き耳が立ってしまったおしゃべりに混ざって開演まであと少し

6月

27

袋から飛び出しているポスターに空気がふれる　浮かれているよ

パフェ越しにぜんぜん写ってくれていい　またいつかゆっくり
来ましょうね

6月

29

途中から高速道路が晴れてくる　世界はチャーミングなところがある

駅前だとあなたの思っている距離が広くてそれを知れていく夜

7

July

ゆびにセロテープをつけて会いにゆくあなたがあなたをなおす夕べに

さかさまの洗面器からざぱーんと水。さようなら今日のできごと

ねるまえに奥歯の奥で今朝食べたうどんの七味息ふきかえす

缶入りのつめたいジュースを首すじにあてられる　ここが
空港になる

土曜まで寝かせておいた桃と猫　見分けがつかなくなって
そのまま

住んでいた町での夏を思い出す2番の歌詞で歌う感じに

カーソルがまたたくWord　あるけれど見えないだけの星の
代わりに

サッカー部の声は野球部と違うね　ちょうどおんなじこと
思ってた

下り坂のご褒美　夜が夏だから氷菓みたいなエレクトロニカ

7月

10

ここからの坂はなだらで夕映えてムヒで涼しい首すじだった

イオンには駐車場さえあればいい夏には深くオレンジの射す

7月

12

クリスマスみたいな電飾のトラック ＋ 七月十二日のクリスマス

大工さんたちが木陰でうなだれて大所帯バンドのジャケみたい

時間より光は速いスーパーの青果売り場にしんしんと降り

へたに連絡はできない　ゲームでもして生き延びてくれていたらな

ファミコンの日

7月

リュック抱きしめて都会の路線図は虹のほつれのようで見上げた

16

虹の日

わー東京っぽい、って東京なのに言う　東京はもう言われ慣れてる

毎日が軽度のメリーゴーランド夏の光は忙しいから

7月19日

ファミレスを出たら漫画のような夜　漫画のようにファミレスの光

7月

20

ふたりなのにWeって感じがしない夜に静けさだけがきらめいている

7月

外国の海を見ている真夜中の長方形の光の窓に

21

海の日

郵便はがき

料金受取人払郵便

明石局
承　認

6135

差出有効期間
令和9年5月
31日まで

（切手不要）

673-8790

兵庫県明石市桜町2-22-101

ライツ社 行

ご住所 〒		
TEL		
お名前（フリガナ）	年齢	性別
PCメールアドレス		
ご職業	お買い上げ書店名	

ご記入いただいた個人情報は、当該業務の委託に必要な範囲で委託先に提供する場合や、
関係法令により認められる場合などを除き、お客様に事前に了承なく第三者に提供することはありません。

弊社の新刊情報やキャンペーン情報などをご記入いただいたメールアドレスにお知らせしてもよろしいですか？

YES ・ NO

○お買い上げいただいた本のタイトルを教えてください

○この本についてのご意見・ご感想をお書きください

ご協力ありがとうございました

お寄せいただいたご感想は、弊社HPやSNS、そのた販促活動に使わせていただく場合がございます。あらかじめご了承ください。

write
right
light

海とタコと本のまち「明石」の出版社
2016年9月7日創業

ライツ社は「書く力で、まっすぐに、照らす」を合言葉に、
心を明るくできる本を出版していきます。
新刊情報や活動内容をTwitter、Facebook,note,各種SNSにて
更新しておりますので、よろしければフォローくださいませ。

7月

22

大暑

体育館の窓が切り取る青空は外で見るより夏だったこと

してみたい楽器を始めないままでいるのをわりと希望と思う

7月24日

よく晴れた夏をゆったり曲がってくバスのすみずみまで蝉の声

7月

25

宵闇にブルーハワイのベロというベロが浮かんでいる夏祭り

かき氷の日

大きさがつかめないスポーツの施設　奥のほうから夕方が来る

目をひらくようにあなたは目をつむりその表情を花火が照らす

7月

28

また来たいねがまた行きたいねに変わるころ右手にふたりの
街がみえます

通り雨　誰かの声と笑い声　2期1話目の予感のように

7月

30

とけかけのバニラアイスと思ったら夢中でへばってる犬だった

7月

海にまであなたは本を連れてきて海を眺めるように愛する

31

ビーチの日

8

August

8月1日

コンビニのやる気あふれてお祭りの夜にはみだすフランクフルト

花火の日

8月

2

ハーモニカの端を吹くのはむずかしい隣の部屋がひとつ無いから

ハーモニカの日

駅までのだらだらが夏　泣く準備みたいにハンドタオル握りつつ

公園のちいさな花火　きみ　団地　通塾バスのハザードランプ

パンのときもごはんをたべるって言うような　そういう映画館
だったこと

8月

6

英単語をごはんみたいにたべていた塾の窓にはおとなしい夏

切に　歩道橋からビデオ通話して映画みたいな夜　祈ってる

だいどこ、と呼ぶ祖母が立つときにだけシンクにとどく夕焼けがある

ぼくの息だけが聞こえるぼろぼろのマジックテープをきつめにとめる

8月

10

ピッチャーふりかぶってパン屑まいたマウンドに星の数ほど
鳩のあしあと

鳩の日

8月11

呼気過多のヒップホップのライミング　きたない言葉から
光ってく

ヒップホップ記念日

8月

12

明け方に製氷皿をねじったら古びた夜のひび割れる音

二十年前とは思えない　だけど早すぎたかと言えば違う曲

8月

14

瓶ラムネ割って密かに手に入れた夏のすべてをつかさどる玉

地下鉄の乗り場から吹き上げてくる風につつまれながら笑った

8月16

日持ちする食べものばかり持たされてそんな元気にみえてますかね

トラフィックニュースは告げるこの夜を確かに生きる僕らの
ことを

新着のメールの太字　きみからの言葉が届く季節に生きて

8月19

トランクを　よっ　と浮かせてやり過ごす段差あたりに旅の
たのしさ

8月

20

加工したほうがきれいになる海の結局デフォルトに戻すまで

渡っちゃえ、って渡った信号を渡りきるまできみと笑った

8月22

夕方の風がサニーを抜けてゆく臨時ニュースの声をさらって

8月23

等身大パネルが景色に溶けていてもたれて見せ合う模試の判定

体力のすくない人で集まってあふれる人を鼓舞する支度

ゆっくりとゆっくりと漕ぐ自転車をきみの早歩きのスピードで

半分をふさげば半音高くなる縦笛の穴みたいな気持ち

ランドセル内ですずしく一ヶ月ねむったままのけいさんドリル

夜のもうほとんど暗いほとんどを拒んで湾岸線のオレンジ

野球場帰りであふれている駅の遠くからでもわかる勝ち負け

8月

30

吹き出しの外のセリフがよかったよ　ありがとう　向こうでもがんばって

届かない乾杯みたいに手をふって電車のなかで終わる八月

9

September

ならべるとひどいことばにみえてくる頑張れ笑え負けるな生きろ

笑うところじゃないから〈笑わない〉からやりなおす明るい夜道

靴紐をなおしてるのか泣き出したのか　靴紐をなおしてたのね

9月3

スーパーの2階で安くなっていく花火を昨日みて今日もみる

またね、って下から読んだら違うのに同じみたいに振り返す手だ

9月

5

自転車のかごに夕日は溜まらずに夕日を帯びて抜けていく風

ハピネスが尾を引いている　ハピネスはやわい毛並みの夜行生物

曲名がわからないままCMへ　そういうさよならっていくつある？

にぎやかなお通夜の声をあとにしてあれば寄りたいのは
TSUTAYAだよ

おひつがきれいですね　ですね　たきたてのごはんが白いだけ
の夜ですね

9月
9

特別な日にだけつけるコンタクトレンズの箱が軽くなる朝

9月

11

一生って早いよね、ってどこにでも見られる花をよろこびながら

ほんとうに？　置いてけぼりに思うときそこは先頭かもしれないよ

9月

13

きみの撮るきみの近所はうつくしい世界遺産も間近だろうね

沿道のコスモスざかりに押し歩く自転車　長く生きてきたよな

9月

15

きみという葡萄畑の夕暮れにたった一人の農夫でいたい

敬老の日

長袖にするか一生迷ったとどちらかは言わずにやってくる

明日観る映画に出てきそうな景色　橋にさしかかって月が出る

9月18

電車まだ大丈夫です？　遠回りになるけどおすすめの帰り道

9月

19

衣替えしたとまるわかりのシャツにつられて街もそうなっていく

9月

20

白っぽい空をバックに白い雲　おしゃれ上級者のそれらしく

空の日

忘れものがあなたを思い出すときにあなたは忘れものを思い出す

一年中これでいいっていう天気　ボールを見たらさわるだろうな

9月

23

ない家の間取りをああだこうだしてこの夜更かしは売りものになる

不動産の日

ひのひかり　大道芸の大技に目を瞑るとき瞼の裏に

9月

25

夜の暑さはやわらいで夏のほとりのイオンモールのたより
ないネオン

9月

26

おじぎ草がおじぎから帰ってくるまでを眠って過ごす日曜の午後

くつろぎの日

地下鉄の窓があいてる夜なのに夜みたいだと思ってしまう

ステッチのほつれをほつる　好きなシャツだからそうなって
も好きだから

きっかけになったけんかはわからない仲直りから始まった夢

ほとんどは持って歩いた日の帰路にジャケットをハグみたいに羽織る

10

October

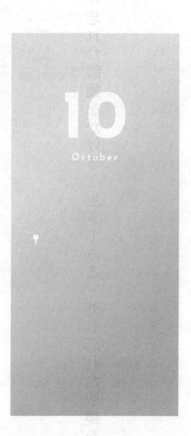

10月

1

かけ忘れた眼鏡をかける　生きてみる　外し忘れた眼鏡を外す

メガネの日

10月

2

犬の顔に虹が架かって辿ったらとうふ屋さんのおとなしい水

豆腐の日

10月・・3・・・・・・・・・・・・・・・・・・・・・・・・・・・

軒先に雑誌がたくさんある本屋　いつも土曜の空気をくれる

六年の涙と二十年の愛で二十六年生きてきたひと

車内灯を落とした電車に川がきて静かに過ぎていく草野球

10月

6

へたな月、カメラロールの前後にはそれよりもっとへたな月、月

10月7日

好きだけどISBNは知らない　すべての人にその距離感で

バーコードの日

解散よりさびしい活動休止ってまだ十月に知れてよかった

10月
9

暗い顔してどうしたんアメリカンドッグをたいまつみたいに渡す

アメリカンドッグの日

10

銭湯の〈ゆ〉がまふたつに割れていくからだを置いてさめていく夢

ああ好きでよかったなっていうライブ今から帰路が待ち遠しいよ

明日から最寄りではない駅前で買った明日のパンあたたかい

あかねさすIKEAへゆこうふたりして家具を棺のように運ぼう

10月

14

先生と弁当食べる校庭のレジャーシートの海はまぶしい

人の痛みがよく分からないときがあります　レジ応援おねがいします

たすけあいの日

10月

16

実演のふとんあたためショーを見るやらせみたいに季節が変わる

十月は五月の似ていないふたご　声や仕草は似ているふたご

右はいやがる　左はいやじゃないみたい　寝付くまで左手を
握ってる

ゴッホでもミレーでもない僕がいて蒔きたい種を探す夕暮れ

10月

20

こんなとき力になってあげたいのに布団のなかで思うしかない

おやすみ　につい た既読が豆球のかわりに灯る　おやすみなさい

スーパーをスーパーマーケットって呼ぶ　ときどき　愛を呟くように

23

家族写真の日

九月から十一月を秋にしてスワンボートや紅葉の挿し絵

10月

24

ひさしぶりに食べるとおいしいねと話すあなたはひさしぶり
が同じひと

返信はしなくていいからアメリカっぽいドーナツでも食べて
元気だして

10月

たくましい犬種を思う　ボトムスをお探しですかと聞かれるたびに

26

デニムの日

見開きの余白に満ちたあとがきに「幸運」が二度　静かな意味で

蚤の市のごはんを食べて十月がハンカチをたたむように過ぎていく

愛せそう?　一生聴けんままの曲　知らんところで光ってる星

10月

30

持ってきた上着の出番がやってきてバスが来るまで手をつないでた

初恋の日

パトカーがいるよ　たのしくなりそうな夜のいちばん明るい
場所に

11

November

11月1日

もう何もないだろうけど文庫本の残りページの薄さを撫でる

本の日

駅前に本屋があるということの概念をわれわれは愛そう

まっさらで知ったとすれば　秋葉原　なんともうるわしい
名前だよ

11月3日

レコードの針からこぼれてしまう音　同じ仕様で泣いているひと

レコードの日

コーデュロイのこすれる音についてくる十一月に迷子の子犬

エア・カスタネットをみんな持っていて木漏れ日をゆくとき
鳴っている

笑ったり泣いたりで忙しくするんだ名前で選んだハイツに住んで

アパート記念日

11月

7

時間よりゆっくり落ちてくる枯れ葉　ここは何処　ここから
は過去だよ

立冬

ミュージシャンが好きなミュージシャンのような十一月の風のない午後

11月

9

つぶれてたクリームパンを鞄から出す今日ずっとたのしかったな

11月10

映画館をスクリーンまで歩くとき森の枯れ葉を踏みゆくここち

11月
11

定食をくまに　味噌汁　白ごはん　鮭たっぷりの川　めしあがれ

鮭の日

四季が死期にきこえて音が昔にみえて今日は誰にも愛されたかった

11月

13

チャコペンってあったね　何を思ってか銀杏並木のまっただ中で

老犬を抱えて帰るいつか思い出す重さになると思いながら

15

どんぐりとまつぼっくりが商談をしている記憶の隅の砂場で

夜夜している夜に抱くぬいぐるみぬいぐるみしているぬいぐるみ

さみしがるひとの気持ちをわからないときわかるときよりも
さみしい

建物は骨から先に表れて生き返るみたいにできていく

夕焼けがブランケットをかけていくさびしい川にビルにあなたに

誰だろう毛布をかけてくれたのは　わからないからしあわせだった

欄干も入れて反対側も撮るところをたのしそうに見てくれる

なにやつ、とあなたがふるう一太刀の葱にやられる秋の夜長に

23

阪急電車のシートを撫でてさかだった毛足が春のあかるさだった

インカメラで恋人たちが撮っているクリスマスまでそこにいるくま

練習で編めてしまったマフラーを午前中の光で写したい

名曲をいつか作るんだろきみは嫌いをきちんと嫌いでいてよ

11月

27

印象派の展示室から出てすぐの中より光の少ない通路

リリックを巻いて出かける夜だけが冷え込む十二月の首元に

11月

裾がいい服を着ていく今日たぶん俯きがちなわたしのために

29

いい服の日

店内は飛び出す絵本になっていてハンバーグからあふれる時間

12

December

レンタルに落ちてくるまで待っていた映画をいくつ観ずに
死ぬかな

屋上の駐車場へはスロープで右手に郊外の十二月

12月3日

交差点の小雨を夜に光らせて市役所前のうつくしい右折

里芋を茹でる　やさしくあることに押しつぶされて毛羽立つ夜に

12月

5

写真集に栞を挟む　この先は光が足りない場所で見たくて

アルバムの日

通過待ちであいてるドアの向こうから冬の工事の音がきれいだ

添えてみる小指　これから撮る物の小さいことを伝えるために

12月8

歌詞わからないまま好きな洋楽のそういう良さの暮らしをしたい

一本ずつ見送る電車　さむいさむい言い合って一曲ずつ聴かせ合う

12月

10

冬の息　できないことをかわいいと言わないきみの吐き出す光

わりと深い夜なんだけどきみの好きなアイスがなくてわたる
踏切

12月
・
・
・
・
・
・
・
・
・
・
・
12
・
・
・
・
・
・
・
・
・
・
・
・
・
・
・
・
・

読み方を先に覚えていくドリル「逝去」はきれいな音だと思う

漢字の日

12月13

舞台袖も感極まっているような夕焼け　ごめん　ごみを出すんだ

大掃除の日

自分だけ暇に見えたらどうしよう窓が天国より透けていく

12月

14

肉まんとお釣りと静電気をもらう見ようとすれば星座が見える

12月

16

予告編のひとつのように見てしまう本編のはじまりいつだって

12月

17

補助犬が眠りを恋のようにする国際線の光のなかで

飛行機の日

12月

18

話し声が回想シーンのようになる都会で拾ったタクシーの中

東京駅の日

出口には番号が振られています4番を出れば夜はきれいです

酔ってない　車窓におでこをあててみる　大きなことを言った気がする

高架下のバスケットコート　高架下にバスケットコートと夜だけがある

12月22日

酔ってスリーポイントシュートしたきみがフォロースルーのまま笑ってる

シュトレン、と声に出すとき伝説のバンドの名前みたいにきみは

12月

24

よい音と詩を　クリスマスきらいにはなれないね　じゃあ、よい
音と詩を

12月

25

倒れないようにケーキを持ち運ぶとき人間はわずかに天使

クリスマス

12月

26

もみの木のフェイクを抱いてやってくるきみは全てにまだ間に合うよ

ファミレスは小さな足湯　近況をどこまでさかのぼって話そうか

次はまた来年やね、に光り出す来年という大きな未来

こたつから抜けない足で着地するあなたの足のうら　よいお年を

でたらめな干支を唱えてねむりましょう　夜空の裏起毛を撫でましょう

12月30

信じるよ　グッド・モーニング　夕焼けに朝を拾えたなら会いにきて

の2、11/23、12/1、12/6、12/8、12/16

『**音楽**』（ナナロク社）

1/5、1/15、1/21、1/22、1/23、1/27、1/30、2/1、2/3、2/7、2/8、2/11、2/13の1、2/17、2/21、2/22の1、2/22の2、2/27、2/28、3/4、3/9、3/12、3/16、3/20、3/21、4/2、4/24、4/30、5/3、5/19、5/21、5/22、5/28、6/3、6/10、6/22、6/30、7/1、7/4、7/11、7/13、7/19、7/20、7/23、7/24、7/27、7/28、7/31、8/8、8/16、8/18、8/28、8/31、9/3、9/5、9/21、9/24、9/27、10/2、10/5、10/6、10/9、10/12、10/30、11/4、11/6、11/7、11/9、11/10、11/17、11/19、11/22、11/26、12/3、12/9、12/11、12/21、12/22、12/29

『**うれしい近況**』（太田出版）

1/1、1/4、1/13、1/18、1/26、1/29、2/2、2/10、2/12、2/13の2、2/15、2/20、2/23、2/26、3/5、3/11、3/12、3/26、3/28、4/9、4/11、4/17、4/21、4/26、5/2、5/11、5/14、5/26、6/16、6/27、6/28、7/6、7/15、8/7、8/19、8/20、9/2、9/6、9/7、9/11、9/12、9/13、9/18、9/20、9/23、9/28、9/30、10/1、10/10、10/11、10/29、11/20、11/29、12/10、12/17、12/20

所収

『サイレンと犀』（書肆侃侃房）

1/2、1/6、1/20、2/14、3/13、3/19、3/24、3/31、4/1、4/5、5/1、5/5、5/20、5/29、6/2、6/12、6/14、6/15、6/21、7/2、7/3、7/25、7/30、8/2、8/9、8/10、8/17、8/22、9/1の1、9/15、10/13、10/14、10/19

『玄関の覗き穴から差してくる光のように生まれたはずだ』（ナナロク社）

7/22、8/12、8/14、11/14、12/25

『今日は誰にも愛されたかった』（ナナロク社）

11/12

『たやすみなさい』（書肆侃侃房）

1/7、1/8、1/9、1/14、1/16、1/19、1/31、2/4、2/6、2/9、2/18、2/19、2/25、3/1、3/18、3/29、4/12、4/19、4/23、4/27、4/29、5/7、5/12、5/13、5/16、5/27、5/31、6/5、6/6、6/7、6/8、6/11の1、6/11の2、6/13、6/17、6/19、6/20、6/23、7/10、7/14、7/16、8/15、8/21、8/25、9/25、9/26、9/29、10/15、10/20、10/25、11/1の1、11/1

作者のことば

時計の教材を使った算数の授業
3時を正しく作れておやつの時間
今度は1時を作りましょう
長針を反時計回りにぐるぐるまわす
今日はこれでおしまい
次の授業が来るまで、時は1時のまま待っている
幼いころの時間感覚　あの感じ
時は、一方向に流れるだけでなく、
さかのぼりもし、とどまりもした

短歌とたわむれるとき、
わたしたちは時の流れから自由になれる
前後に予感が満ちていて、
過去にも未来にも羽を伸ばせる

撮ったつもりがないのに
撮れていた写真や短い動画のような

この本は、時の標本ではありません
誰かの日付ではない、
あなたが生きた「時の透かし」

岡野大嗣